Para Connie

Échale un vistazo también al genial:

Los HUGUIS en EL JERSEY NUEVO

(New York Times Best Illustrated Children's Book)

www.oliverjeffersworld.com

Publicado por primera vez en inglés por HarperCollins Children's Books con el título *The Hueys - It Wasn't Me*

HarperCollins Children's Books es un sello de HarperCollins Publishers Ltd.

Texto e ilustraciones: © Oliver Jeffers 2013

Traducción: Nàdia Revenga Garcia
Revisión: Juli Jordà

© de esta edición: Andana Editorial, 2015
C/ Valencia, 56. Algemesí 46680 (Valencia)
www.andana.net / andana@andana.net

ISBN: 978-84-943130-2-8
Depósito legal: V-2385-2014

Impreso en China

Los HUGUIS en YO NO HE SIDO

OLIVER JEFFERS

Andana
editorial

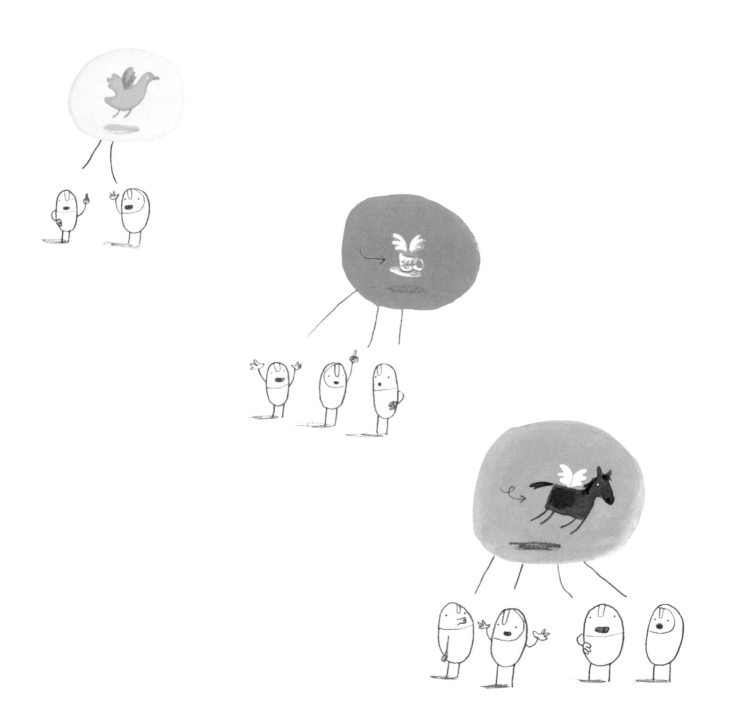

Una característica de los Huguis…

...era que casi siempre se llevaban bien.

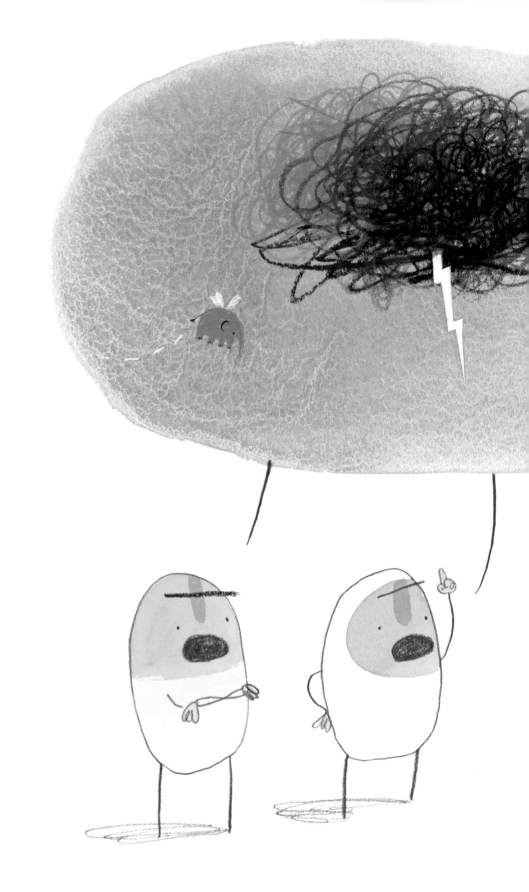

Aunque de vez en cuando no era así...

...y una de estas veces fue cuando Gilberto se los encontró discutiendo.

—¿Por qué estáis discutiendo?

Preguntó.

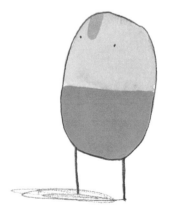

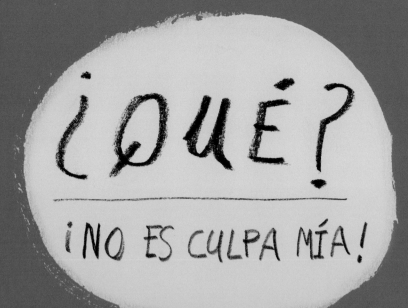

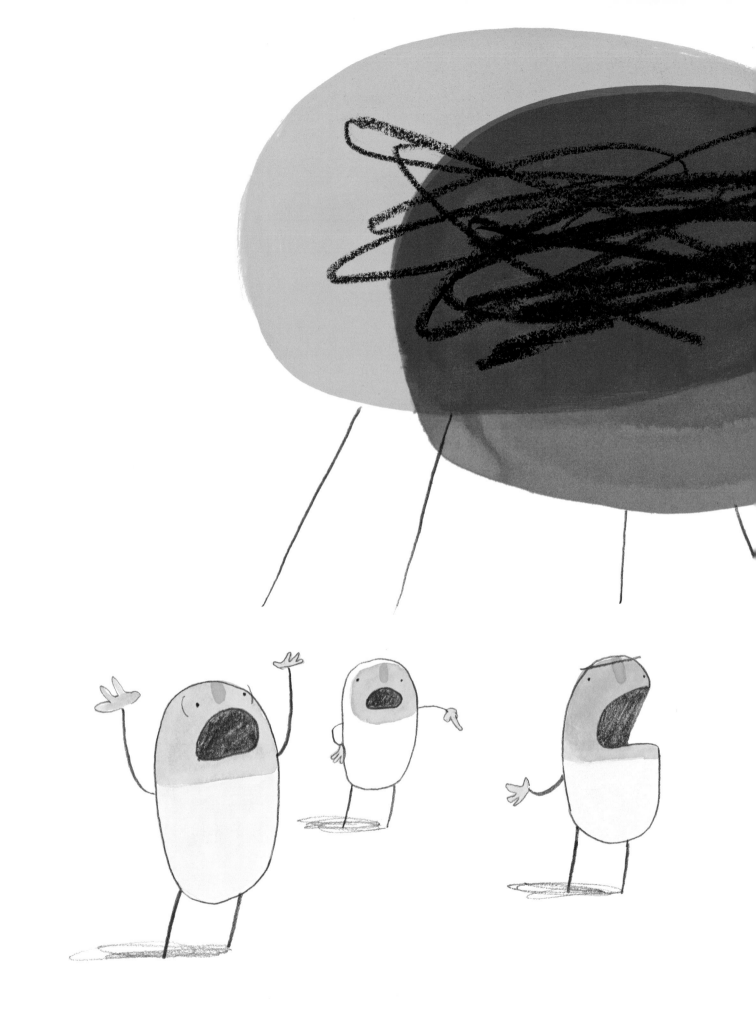

Parecía que no podían ponerse de acuerdo en nada.

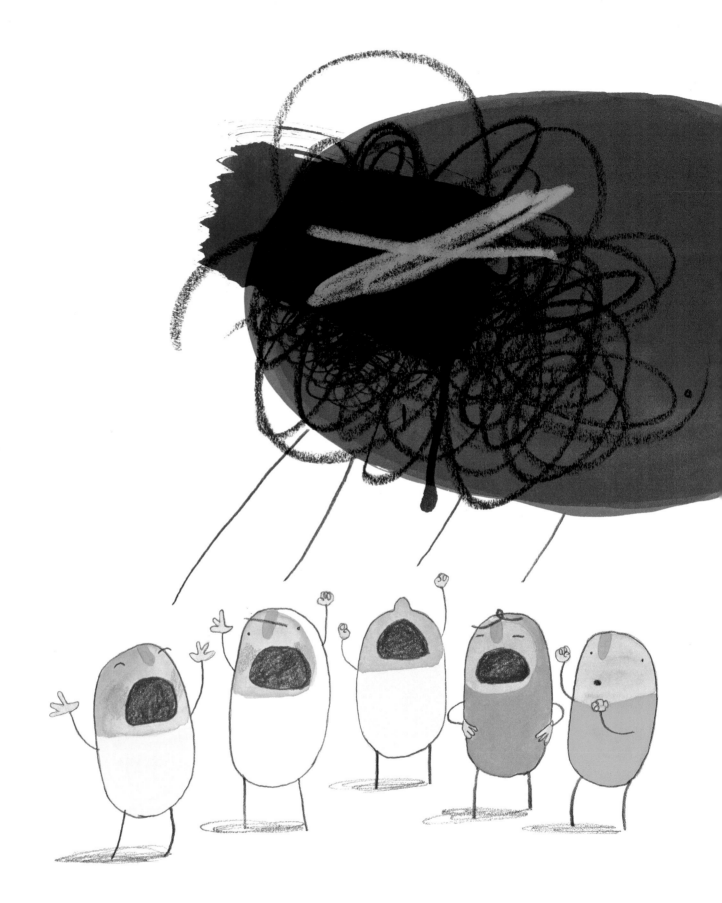

¿ Se puede saber **POR QUÉ** estáis discutiendo?

Preguntó Gilberto.

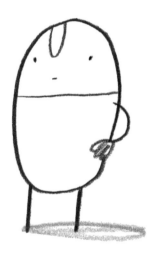

Se quedaron
mudos.

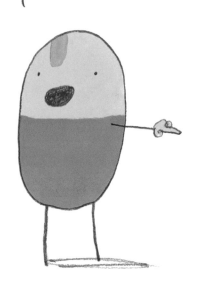

Y esta fue una manera de arreglar las cosas…